L'INSTRUCTION PRIMAIRE

DANS LE DÉPARTEMENT DE MEURTHE-ET-MOSELLE

RAPPORT

PRÉSENTÉ

AU CONSEIL DÉPARTEMENTAL DE L'INSTRUCTION PUBLIQUE

PAR

M. CREUTZER

Inspecteur de l'Enseignement primaire à Nancy
Faisant fonctions d'Inspecteur d'Académie
Officier de l'Instruction publique
Membre de l'Académie de Stanislas de Nancy
Et de la Société des Sciences, Lettres et Arts de Bar-le-Duc.

SAINT-NICOLAS ET NANCY

TYPOGRAPHIE ET LITHOGRAPHIE DE N. COLLIN.

1878

L'INSTRUCTION PRIMAIRE

DANS LE DÉPARTEMENT DE MEURTHE-ET-MOSELLE

RAPPORT

AU CONSEIL DÉPARTEMENTAL DE L'INSTRUCTION PUBLIQUE

PAR

M. CREUTZER

Inspecteur de l'Enseignement primaire à Nancy
Faisant fonctions d'Inspecteur d'Académie
Officier de l'Instruction publique
Membre de l'Académie de Stanislas de Nancy
Et de la Société des Sciences, Lettres et Arts de Bar-le-Duc.

SAINT-NICOLAS ET NANCY
TYPOGRAPHIE ET LITHOGRAPHIE DE N. COLLIN.

1878

L'INSTRUCTION PRIMAIRE

DANS LE DÉPARTEMENT DE MEURTHE-ET-MOSELLE

RAPPORT GÉNÉRAL

Sur la situation de l'instruction primaire, en 1877, dans le département de Meurthe-et-Moselle, présenté au Conseil départemental par M. Creutzer, Inspecteur primaire à Nancy, faisant fonctions d'Inspecteur d'Académie.

MONSIEUR LE PRÉFET, MESSIEURS,

J'ai l'honneur de vous exposer la situation, pour l'année 1877, de l'instruction primaire dans le département de Meurthe-et-Moselle.

Afin de mieux mettre en évidence les améliorations réalisées dans ces derniers temps, je rapprocherai fréquemment les résultats que vient de constater la statistique scolaire de cette année avec ceux qui sont mentionnés dans les relevés des années précédentes.

CHAPITRE I.

STATISTIQUE GÉNÉRALE. — NOMBRE DES ÉCOLES, SALLES D'ASILE, ÉLÈVES, ENFANTS, INSTITUTEURS, INSTITUTRICES, POUR L'INSTRUCTION PUBLIQUE ET LIBRE.

Les 596 communes du département possèdent, pour une population de 404,609 habitants, 945 écoles publiques, 106 écoles libres, 142 salles d'asile, 29 ouvroirs spéciaux et 49 pensionnats, ensemble 1271 établissements d'instruction primaire dont le fonctionnement est permanent.

Il y a progrès sur l'année 1876, dont la situation se chiffrait par 938 écoles publiques, 104 écoles libres, 127 salles d'asile, 22 ouvroirs et 48 pensionnats, au total : 1239.

La plus-value qui se traduit ainsi en faveur de l'année 1877, n'est pas un fait accidentel. Elle se rattache à la progression constante que suit, depuis 1871, époque où le département s'est constitué, le développement de nos institutions scolaires.

Le tableau suivant indique les progrès accomplis depuis six ans et témoigne de la vitalité scolaire du département, qui s'explique, d'une part, par le notable accroissement de la population (39,472 habitants) qu'a constaté le recensement de 1876, et, de l'autre, par la sollicitude éclairée des familles et des autorités pour les intérêts de l'instruction primaire.

Années.	Écoles publiques.	Écoles libres.	Salles d'asile.	Ouvroirs spéciaux.	Pension- nats.	Totaux.
1871	923	97	108	20	47	1195
1872	925	98	109	21	46	1199
1873	931	103	114	21	47	1215
1874	933	102	116	22	47	1220
1875	933	103	119	22	47	1224
1876	938	101	127	22	48	1239
1877	945	106	142	29	49	1271
Différence de 1871 à 1877.	22	9	34	9	2	76

A côté des établissements fixes que je viens de mentionner, fonctionnent de nombreux cours d'adultes, dont la durée n'embrasse que quelques mois de l'année. Bien que l'utilité en soit parfaitement reconnue, leur existence n'est qu'annuelle et a quelque chose de précaire. Ils ne sont point obligatoires. Plusieurs d'entre eux n'existent que grâce à la munificence de l'Etat. Aussi le nombre en varie-t-il d'une année à l'autre, ainsi que l'établit le relevé suivant de ceux qui ont été ouverts depuis 1871.

Années.	Nombre des cours.
1871	139
1872	430
1873	540
1874	476
1875	499
1876	473
1877	469

On comprend qu'en 1871 le nombre des cours ait été réduit à un minimum dont il s'est promptement relevé. C'était l'hiver de nos désastres. Les esprits étaient en proie aux plus douloureuses préoccupations, et, sur bien des points, nos locaux scolaires étaient au pouvoir des soldats ennemis. Mais, dès l'année suivante, le nombre des cours était triplé.

Nous avons compté, en 1877, 1289 élèves de plus qu'en 1876, 71,140 au lieu de 69,851. Ils se répartissent ainsi qu'il suit entre les divers ordres d'établissements :

Ecoles publiques 49,089
Ecoles libres. 9,436
Salles d'asile. . . . . ·. 11,743
Ouvroirs. 872
Total . . . 71,140

Ce nombre, augmenté des 11,167 élèves des cours d'adultes, porte à 82,307 le total de ceux qui, à des degrés divers, ont eu leur part de la culture morale et intellectuelle qui se donne dans nos écoles.

Les 2,435 élèves, 1,024 garçons et 1,411 filles de nos 49 pensionnats primaires, sont compris dans les totaux qui précèdent.

La direction de nos 1,193 écoles et asiles est confiée à un nombreux personnel qui, en 1877, s'est élevé à 1,752 maîtres et maîtresses de toutes catégories, dont 1,343 pour l'enseignement public et 409 attachés à l'enseignement libre.

En tenant compte des 29 directrices d'ouvroirs spéciaux, le total général est de 1,781 personnes enseignantes.

En résumé, on compte dans le département un établissement permanent d'instruction primaire pour 331 âmes, et 17,57 élèves par 100 habitants.

Ce dernier chiffre, qu'il serait intéressant de comparer avec ceux des autres départements, place assurément le nôtre au nombre des mieux favorisés, car la moyenne générale pour la France n'est que de 13 élèves par 100 habitants.

Il lui assigne, en outre, un rang très-honorable dans l'échelle comparée des populations scolaires relatives, constatées dans les divers pays de l'Europe ; car il nous range au niveau de la Saxe et des cantons de Berne et de Zurich, qui, dans la Confédération helvétique, passent pour les mieux partagés, et nous donne le pas sur la Prusse et l'Allemagne, où le rapport de la population scolaire à la population totale ne dépasse pas 15 élèves par 100 habitants.

L'action bienfaisante de la loi du 10 avril 1867 se traduit chaque année par la création de quelques écoles spéciales de filles, et par l'établissement de nouvelles écoles de hameau. Nous réalisons ainsi, par tâches successives, à mesure que les ressources le permettent, leprogramme qu'elle trace à nos efforts, et l'on peut entrevoir le jour où sera complétement réalisé, pour le département, le but qu'elle se propose, c'est-à-dire d'assurer aux jeunes filles, par le dédoublement des écoles nombreuses, une éducation appropriée à leurs besoins et de rapprocher l'école des populations qu'elle est appelée à desservir.

Neuf communes sur les 596 : Mercy-le-Haut, Montigny-sur-Chiers, Herserange, Ville-Houdlémont, Arraye-Han, Bionville, Chavigny, Thiaville et Allamps, bien qu'elles aient plus de 500 âmes, n'ont pas encore d'école spéciale de filles. Celles d'Arraye, de Thiaville et de Chavigny, sont sur le point de se conformer à la loi. Les ressources sont votées et les projets ne tarderont pas à être approuvés. La création de l'école des filles d'Allamps est un fait presque accompli. Les autres, formées de sections séparées, sont dotées d'écoles mixtes dans les hameaux et au chef-lieu communal. Une commune, celle de Pixerécourt, n'a point d'école et n'est réunie à aucune autre pour le service de l'instruction primaire. Sa faible population (96 habitants) et la facilité qu'elle a d'envoyer ses enfants dans les écoles voisines, de Lay-St-Christophe et de Malzéville, expliquent cette situation.

Mais, par une large et heureuse compensation, 112 communes de moins de 500 âmes se sont librement imposé la fondation d'une école spéciale de filles, et témoignent ainsi du prix qu'elles attachent à l'éducation séparée des sexes.

Le Conseil général, dont les généreuses sympathies pour

les intérêts de l'instruction primaire ne se lassent point, vient annuellement en aide à cette catégorie d'écoles.

Le crédit qu'il leur a alloué en 1877 s'est élevé à 6,010 francs, et a pour objet d'assurer aux institutrices qui les dirigent un minimum de traitement de 450 francs pour les congréganistes, et de 600 francs pour les laïques.

Ces modiques ressources ne répondent pas aux besoins de la vie la plus parcimonieuse. J'ai été témoin de privations et de souffrances supportées avec une noble résignation. Elles m'autoriseront à exprimer le vœu qu'une loi vienne assimiler les institutrices des communes de moins de 500 âmes à celles des autres communes, et leur rendre applicables la distribution en classes et les traitements édictés par la loi du 19 juillet 1875.

Les services sont les mêmes. Il est juste que la rémunération ne soit pas moindre. Ainsi disparaîtrait une étrange anomalie que présente la législation sur les écoles de filles, et qui consiste dans ce fait qu'une institutrice adjointe qui débute dans l'école d'une commune de plus de 500 âmes, entre immédiatement en jouissance d'un traitement minimum de 600 ou 650 francs, qu'une titulaire d'une commune de population moindre ne pourra jamais dépasser, quels que soient d'ailleurs le mérite et la durée de ses services.

Le payement de 945 instituteurs et institutrices dirigeant les écoles publiques et des 250 adjoints et adjointes qui les secondent, a donné lieu, en 1877, à une dépense de 981,031f,25. Si, à ce total, on ajoute la somme de 84,428f,50 qui a été affectée la même année aux traitements du personnel des salles d'asile publiques, on constate une dépense totale de 1,065,459f,75.

Des ressources d'origines diverses ont concouru à former cette importante dotation.

Le capital des dons et legs fournit un contingent de 10,388 francs de rente; le prélèvement sur les revenus ordinaires des communes dépasse annuellement un demi-million; il figure pour 625,413f,75 dans le chiffre qui précède; les quatre centimes spéciaux imposés par les lois du 15 mars 1850, et

du 19 juillet 1875. ont donné un produit de 119,076ᶠ,33 ;
quatre autres centimes votés par un certain nombre de
communes pour rendre leurs écoles absolument gratuites,
ont assuré une ressource de 35,910 francs ; la rétribution
scolaire s'est élevée à 201,096ᶠ,68 dans les écoles et les
salles d'asile. De son côté, la subvention départementale a
atteint le chiffre de 67,103ᶠ,33, dont 6,010 francs à titre
gracieux en faveur des institutrices des communes de moins
de cinq cents âmes.

Ces données, quelque arides qu'elles semblent être, ont
leur éloquence. Elles font honneur au département qui, au
lendemain, pour ainsi dire, de l'invasion allemande dont il
a si longtemps supporté les lourdes charges, trouve encore
dans ses ressources de quoi faire face au budget de l'instruction primaire, sans se voir dans la nécessité de recourir à la
subvention de l'Etat.

Les habitudes d'ordre, de travail et de sage administration
financière, qui sont traditionnelles parmi les vaillantes populations de la Lorraine, ne sont certes pas étrangères à un
état de choses aussi prospère.

La mise en vigueur de la loi du 19 juillet 1875, relative
aux traitements des instituteurs et des institutrices, semblait
devoir mettre en défaut les ressources locales. Il n'en est rien.
Non-seulement l'application partielle de la loi n'a pas troublé
l'équilibre des budgets communaux, en 1876 et en 1877, mais
nous prévoyons que son exécution intégrale, en 1878 et en
1879, pourra se faire avec les seules ressources des communes et du département.

Dans la dépense totale figure une somme de 6,471ᶠ,66 que
plusieurs communes ont bénévolement votée pour élever les
traitements des instituteurs et des institutrices au-dessus
des minima légaux.

De plus, sous l'influence des idées favorables à la gratuité,
le nombre des communes qui suppriment la rétribution scolaire
s'élève graduellement. Il était de 21 en 1871 ; il est actuelle-
ment de 57.

Parmi ces communes figurent aux premiers rangs les villes de Nancy, de Lunéville, de Toul, de Pont-à-Mousson, de Rosières, de Bayon. Puis viennent d'importantes localités, telles que Cirey, Pagny-sur-Moselle, Liverdun, Viterne, Blénod-les-Toul, etc.

L'établissement de la gratuité a eu pour effet de reporter en partie, sur les revenus ordinaires de ces communes, et de transformer, pour le reste, en un impôt de quatre centimes dont le produit s'est élevé à 35,910 francs en 1877, une charge qui, sous forme de rétribution, pesait jusque-là sur les familles,

A cette occasion, il n'est pas sans intérêt de remarquer que les 201,096f,68 de rétribution, payés dans les écoles et les asiles, représentent l'équivalent, dans le département, d'une imposition de 6,28 centimes additionnels au principal des quatre contributions directes.

CHAPITRE II.

SALLES D'ASILE.

L'année 1877 a été propice au développement des salles d'asile. Quatorze établissements nouveaux, dont deux à Nancy, ont porté à 128 le nombre des salles d'asile communales. Celui des salles d'asile libres est de 14, comme par le passé.

La direction est partagée ainsi qu'il suit :

Salles d'asile publiques. { 11 laïques, 117 congréganistes ;

Salles d'asile libres . . { 2 laïques, 12 congréganistes.

Le nombre des élèves reçus dans ces établissements, en 1877, a été de 11,743, dont 847 pour les salles d'asile libres.

Les 129 asiles congréganistes ont été fréquentés par 9,347 élèves ; les 13 salles d'asile laïques par 2,396.

Le bénéfice de la gratuité a été accordé à plus de la moitié des élèves. On a compté, en effet, 6,523 gratuits et 5,220 payants.

Les 128 directrices publiques sont secondées par 46 adjointes et par 38 femmes de service.

On compte, dans les 14 asiles libres, 4 adjointes et deux femmes de service.

La rétribution des élèves payants des salles d'asile a produit 20,066ʳ,95, ce qui représente en moyenne, par élève, la minime cotisation annuelle de 3ʳ,07. A la rétribution, s'est ajoutée la part contributive des communes pour une somme de 64,361ʳ,55 ; au total, pour la rémunération du personnel, 84,428ʳ,50.

Un certain nombre de salles d'asile, une trentaine environ, sont loin de satisfaire pour l'installation aux conditions réglementaires. Ce ne sont en réalité que des garderies très-utiles, il est vrai, aux populations rurales ou industrielles dont les jeunes enfants sont ainsi mis à l'abri du danger de rester sans surveillance pendant que les parents vaquent à leurs travaux ; mais on ne saurait en attendre, pour la première éducation de l'enfance, les services que rendent les salles d'asile bien organisées et dirigées selon la méthode spéciale à cette institution.

Cette méthode, que les décrets des 21 et 22 mars 1855 ont fixée, dans ses traits généraux, se trouve aujourd'hui en présence d'une méthode d'origine étrangère dont les procédés sont non-seulement différents des nôtres, mais, sur quelques points, en opposition avec ce qui se pratique en France depuis la fondation, en 1826, de nos premières salles d'asile, due à la bienfaisance de M. Cochin et de Mme la marquise de Pastoret.

En 1840, un pédagogue allemand, Frédéric Frœbel, fonda à Blankenbourg, en Thuringe, pour l'éducation de la première enfance, un établissement auquel il donna la dénomination gracieuse et poétique de *Kindergarten, jardin d'enfants.*

Inspiré par des conceptions originales sur la nature psychologique de l'enfant, et sous l'influence de sentiments mystiques qu'animait un ardent désir de travailler à l'amélioration de l'homme par l'éducation de la première enfance, il créa de toutes pièces une méthode qui fut d'abord lente à se propager, mais qui, depuis quelques années, s'est répandue en Allemagne, en Suisse, en Italie, en Hongrie, en Belgique, en Hollande, en Angleterre. Elle a franchi l'Océan et compte de nombreux et zélés propagateurs du Nord au Sud de l'Amérique. La France l'a accueillie, mais pour l'approprier à son génie et à ses aptitudes. Elle l'a dépouillée, dans l'application, de l'empreinte qu'elle tenait de l'esprit rêveur et des doctrines naturalistes du pédagogue thuringien, en évitant les tendances au symbolisme et les analogies poétiques dont il abusait et qui sont le point faible de sa méthode.

Celle-ci a dû reste une partie positive qui, prise en elle-même, ne peut en rien mettre en péril les intérêts de la conscience religieuse.

Ce sont les procédés techniques qui lui donnent sa réelle et incontestable valeur. L'ordre dans lequel ils sont disposés, l'ingénieux enchaînement qui les relie dans une gradation ménagée avec art, et leur habile adaptation aux degrés divers du développement naturel des facultés de l'enfance, les rassemblent en un tout méthodique savamment combiné et présentant une richesse de ressources dont les éducateurs expérimentés ont constaté l'influence pratique et disciplinaire.

Le principe qui est l'âme du système Frœbelin n'est pas celui de la *méthode française*. Celle-ci, qui procède de l'esprit pédagogique de Pestalozzi, a fait de l'intuition son procédé favori.

Les inimitables leçons de Mme Pape-Carpentier ont fait voir ce qu'un esprit supérieur peut tirer de moyens d'action du procédé qui consiste à partir de l'observation directe et immédiate pour faire raisonner les enfants en présence du fait observé.

Frœbel se plaça à un point de vue différent. Il ne méconnut ni ne récusa le procédé intuitif ; mais, frappé de cette idée que « tout ce qui constitue l'homme, forces motrices, organiques, instincts, facultés, existe chez l'enfant à l'état de germe, et attend son développement de la nature et de l'éducation », il conclut la pensée de compléter la seule compréhension des choses à laquelle la méthode intuitive borne son programme, par une direction toute spéciale donnée à la faculté agissante, si mobile, si vivace, si avide de mouvement et perpétuellement en éveil, de la première enfance.

Voilà l'idée-mère qui a enfanté les jardins d'enfants. Elle se résume en un mot : *l'invention*.

Là point de procédés abstraits. La lecture, l'écriture, le calcul tel qu'il se pratique dans nos asiles, les premières notions telles que nous les donnons, sont bannis de ces refuges où tout parle aux sens, où « l'enfant doit être progres- « sivement exercé au travail comme à la pensée par de petits « travaux appropriés à son âge, et choisis de telle sorte qu'ils « laissent place à l'initiative personnelle et lui fassent prendre « l'heureuse habitude de l'activité. »

Afin d'introduire dans nos asiles la méthode nouvelle, le Conseil général a généreusement porté sur le budget de 1877 l'allocation nécessaire pour payer les frais d'envoi à Paris d'une de nos directrices d'asile, chargée d'y étudier cette méthode dans la salle d'asile de la rue de Puébla, dont l'administration de la Seine a autorisé, en 1872, la transformation d'après les principes de Frœbel.

Une jeune et intelligente directrice, Mlle Maix, de l'asile St-Pierre de Nancy, a été déléguée l'hiver dernier pour faire cette étude. Elle a rapporté une ample provision de procédés qu'elle applique avec succès. En 1876, le Conseil général avait déjà voté un crédit pour cet objet. La même année, la ville de Nancy, toujours attentive à ce qui intéresse le progrès de ses écoles, et s'associant aux mêmes vues, envoya à Paris trois directrices de ses asiles.

La partie que nous prenons de la méthode nouvelle n'a pas pour objet de porter atteinte à l'organisation de nos salles d'asile. Nous ne supprimons pas les gradins pour placer exclusivement les enfants, à l'imitation de Frœbel, devant les tables quadrillées sur lesquelles ils travaillent. Nous combinons les deux systèmes en donnant aux travaux propres, aux jardins d'enfants une place dans le large cadre qu'embrasse la méthode française. Les exercices arithmétiques et

géométriques avec les *bâtonnets* ; les constructions au moyen
de *lattes*, sur un plan et dans l'espace ; les combinaisons
variées obtenues par la disposition *d'anneaux* ; le *découpage*,
qui aiguise singulièrement la perspicacité ; le *tressage* au
moyen de *bandelettes* aux vives couleurs, par lequel les
enfants acquièrent de l'adresse ; le *tissage* auquel ils prennent
goût si vivement ; le *pliage* qui les exerce à la patience et
qui permet de réaliser les formes les plus variées ; le *dessin*
sur l'ardoise rayée en treillis, qui ravit les enfants par la
facilité que leur offre la symétrie binaire ou quaternaire (1)
pour tracer, copier et inventer les figures les plus diverses,
forment avec les exercices des quatre dons la *balle*, la *sphère*,
le *cube*, et les *prismes*, un ensemble d'emprunts qui ont été
introduits à Nancy, dans les asiles Didion, du Montet, des
Trois-Maisons, de St-Pierre, de la rue des Ponts, et dans la
salle d'asile modèle de Ste-Anne.

Les directrices s'attachent à mettre en pratique, avec des
mérites divers, les idées qu'elles ont puisées dans la mission
qui leur a été confiée. Elles réalisent des résultats dont les
travaux exécutés, il y a quelques mois, pour l'exposition
universelle, ont présenté des échantillons fort intéressants.

Dans une visite qu'elle a récemment faite dans les salles
d'asile de Nancy, Mme Rocher-Ripert, déléguée générale
pour l'inspection des salles d'asile, a constaté les progrès
déjà accomplis. Aussitôt que les asiles où les nouveaux procédés sont en usage seront dotés d'un matériel spécial complet, la méthode de Frœbel pourra être appliquée dans une
plus large mesure et prendre racine dans notre région, où
tout lui promet de nombreux prosélytes. (2).

(1) La Bruyère, dans ses *Caractères* (XI), a fait cette remarque : « Les
« enfants dans leurs jeux sont vifs, appliqués, exacts, amoureux des
« règles et de la *symétrie*. »
Et Montesquieu : « La raison qui fait que la symétrie plaît à l'âme,
« c'est qu'elle lui épargne de la peine, qu'elle la soulage, et qu'elle
« coupe, pour ainsi dire, l'ouvrage par la moitié ». *Essai sur le goût*,
Symétrie.
(2) Les détracteurs de Frœbel ont reproché à sa méthode d'avoir
méconnu la part qu'il faut faire dans l'éducation de la première

CHAPITRE III.

SITUATION MATÉRIELLE DES ÉCOLES.

Par une circulaire du 15 juin 1876, M. le Ministre de l'instruction publique ordonna une vaste enquête sur la situation matérielle des écoles et sur les moyens de l'améliorer.

L'enquête fit connaître que sur les 1,052 écoles et salles d'asile publiques, qui existaient à cette époque dans le département, 269 étaient installées dans des locaux insuffisants, insalubres ou impropres à leur destination.

Pour le détail, l'enquête signala la nécessité de 74 constructions neuves, de 37 acquisitions et appropriations, de 53 réparations et assainissements, et de 105 agrandissements de locaux.

Les besoins des mobiliers scolaires se traduisaient dans la proportion des maisons en mauvais état.

L'évaluation de la dépense jugée nécessaire pour l'amélioration de cette situation fut évaluée à deux millions ; chiffre exact : 1,950,878 francs.

Nous croyons cette évaluation très-modérée.

---

enfance aux notions religieuses, auxquelles il aurait substitué une sorte de religion vague et sentimentale, tout imprégnée d'aspirations vers un Dieu peu différent de celui des panthéistes. Le taxant, en outre, d'inconséquence, ils ont accusé son système de n'être spiritualiste qu'en apparence et de pécher par la base en fondant l'éducation sur la culture exclusive et immodérée des facultés sensibles. C'est, disent-ils, la fausser dès la racine et faire régner dans un domaine dont il devrait être banni le fameux principe de l'école sensualiste : *nihil in intellectu quin prius fuerit in sensu.* Aussi les orthodoxes sont-ils en Allemagne les plus ardents adversaires de la méthode frœbellienne, qui, du reste, a compté plus de succès à l'étranger que dans son pays d'origine.

Les reproches que je viens de mentionner sont injustes et exagérés. Il suffit pour le reconnaître de lire sans prévention les *Causeries de la mère*, où Frœbel se révèle tout entier. Il convient, avant tout, de faire distinction entre le caractère personnel du philosophe pédagogue et sa méthode qu'il est d'ailleurs facile de dégager du mysticisme outré, mais plein de douceur et de sérénité, dont elle est empreinte dans les livres de l'auteur, pour n'en conserver que les procédés dont l'idée repose sur une connaissance profonde, sans contredit, de la nature enfantine.

La tâche qui s'imposait ainsi, bien définie, aux administrateurs, était considérable. On ne pouvait songer à l'exécuter immédiatement. Mais elle fut entreprise avec résolution. Disons mieux, le Conseil général et l'administration préfectorale ne firent que continuer une œuvre qui avait toujours été un des premiers objets de leur sollicitude.

Dès la même année, l'ensemble des projets mis à l'étude se rapportait à une dépense de 406,156 fr.

L'année précédente, en 1875, les dépenses pour l'amélioration des maisons d'école s'étaient élevées à 327,572 francs.

En 1877, M. le Préfet a approuvé 21 projets de demandes de secours que le Conseil général avait examinées dans ses sessions de 1876 et de 1877. Ils ont donné lieu à une dépense totale de 245,674^f,83 fr. Dans ce chiffre, l'Etat est intervenu pour 50,110 fr. et le département pour 15,078 fr.

Indépendamment de ces travaux encouragés par des secours, 26 communes ont fait construire ou améliorer, la même année, des bâtiment scolaires sur les seules ressources dont elles disposent, et l'ensemble des dépenses qu'elles ont faites dans ces conditions s'est élevé à 160,985^f,25.

En réunissant ce chiffre à celui que nous avons mentionné plus haut, on trouve, pour la dépense totale appliquée à l'amélioration de la situation matérielle des écoles, une somme de 406,660^f,08.

Six projets concernant les écoles de Jeandelincourt, de Thorey, de Parey-St-Césaire, de Jolivet, d'Eply et de Frouard, devant entraîner une dépense de 168,389 fr., à laquelle l'Etat a concouru pour une somme de 17,900 fr. et le département pour 3,951 fr., n'ont pu jusqu'ici recevoir l'autorisation préfectorale, à cause de remaniements dont ils sont susceptibles ou de déficits à combler, par les communes, dans les prévisions financières.

Si ces empêchements n'étaient venus différer l'exécution des travaux, les améliorations de l'exercice 1877 eussent atteint le chiffre important de 575,049^f,08.

Ces sacrifices et l'esprit qui les inspire permettent de bien augurer de l'avenir.

La récente loi du 1ᵉʳ juin 1878 sur la construction des maisons d'école, qui fera époque dans l'histoire de l'instruction primaire, met à la disposition des communes des ressources importantes et leur offre des facilités financières dont il n'y a, sous ce rapport, d'exemple dans aucun autre pays. Le jour n'est pas loin où nos écoles seront installées dans des locaux irréprochables.

CHAPITRE IV.

POPULATION SCOLAIRE. FRÉQUENTATION.

Sur les registres matricules des 945 écoles publiques du département ont été inscrits, en 1877, 49,089 élèves.

Pour leur part, les 106 écoles libres en ont reçu 9,436. La population réunie des écoles des deux catégories a été de 58,525 élèves.

Ce total dépasse de 658 celui de l'année 1876. Les 0,36 des élèves des écoles publiques, c'est-à-dire 17,890, sont inscrits sur les rôles de la gratuité. Les autres, au nombre de 31,199, ont payé la rétribution scolaire à un taux variable d'abonnement annuel, qui cependant n'a pas dépassé 8 francs par an dans les communes les plus imposées. Le produit de la rétribution scolaire s'était élevé en 1877 à 182,605ᶠ,46 pour les écoles dont l'entretien est obligatoire. Comme pour celles qui sont facultatives, le taux moyen par élève a été de 5ᶠ,82 pour l'année.

Dans les écoles publiques, les élèves se sont répartis de la manière suivante entre les différentes espèces d'établissements :

Ecoles de garçons 19.375
Ecoles de filles 17,169
Ecoles mixtes . . . . . . 11,255, dont 5,214 filles.
Ecoles de hameau . . . . 690, dont   318 filles.
Total . . . 49,089, dont 23,301 filles.

L'enseignement laïque a été donné dans 677 écoles publiques, dont 53 de filles, à 34,517 élèves, dont 3,973 dans les écoles spéciales de filles, et, dans 45 écoles libres, dont 32 de filles, à 3,073 élèves ; au total 37,590.

L'enseignement congréganiste a compté, dans ses 268 écoles publiques, dont 264 de filles, 14,572 élèves dont 668 dans les écoles spéciales de garçons, et 6,363 élèves dans ses 61 établissements libres, dont 52 de filles ; ensemble 20,935.

Ces données statistiques font voir :

1° Que les écoles libres congréganistes ont reçu les deux tiers (exactement les 0,68) des élèves de l'enseignement libre ;

2° Que dans l'enseignement public, la population féminine totale des écoles s'est trouvée pour les 0,60 dans les écoles congréganistes, pour les 0,23 dans les écoles mixtes laïques, et pour les 0,17 dans les écoles spéciales laïques de filles ;

3° Que la presque totalité des élèves des écoles publiques de garçons ont fréquenté les écoles laïques, et que la part des écoles congréganistes s'est trouvée réduite aux 0,03 ;

4° Que si l'on fond, dans un même ensemble, la population des écoles publiques avec celle des écoles libres, les écoles laïques ont été fréquentées par les 0,64 et les écoles congréganistes par les 0,36 de la population scolaire totale, c'est-à-dire que le rapport des populations respectives des écoles laïques et des écoles congréganistes, a été sensiblement celui de 3 à 2.

Ce rapport s'est constamment maintenu au même chiffre, à fort peu de chose près, depuis 1871.

Fréquentation.

Ce serait se faire illusion que de considérer les 49,089 élèves qui, en 1877, ont figuré sur les registres matricules des écoles publiques, comme une population scolaire stable et assidue. Rien de plus variable que les chiffres journaliers ou mensuels de leur présence dans les écoles. A peine celles-ci se rouvrent-elles, au mois d'octobre, qu'il faut constater, en échange de certaines recrues, la disparition d'un assez notable contingent. La fin de l'année, marquant le terme de l'abonnement, amène de nouveaux départs. Les premiers soleils du printemps donnent le signal de la sortie à de nombreux écoliers, qui ne reparaissent plus qu'à de rares intervalles: Les premières communions, qui s'échelonnent de Pâques à la Fête-Dieu, viennent à leur tour marquer l'heure de l'émancipation scolaire et enrichir de croix d'absences les colonnes du registre d'appel. C'est un écoulement continuel.

Les uns ne reviendront plus ; ils ont fait pour la vie leur provision de science primaire. Ils constituent, chaque année, un nombre d'écoliers variant du 1/6 au 1/7 de la population scolaire inscrite. D'autres échappent temporairement au maître pour rendre service à leurs familles ; mais la part de l'incurie et de la négligence est de beaucoup la plus considérable.

Afin de déterminer l'influence de toutes ces causes réunies sur la fréquentation scolaire, M. le Ministre de l'Instruction publique a ordonné, le 1er mars 1877, l'établissement d'une statistique relative à l'année scolaire 1876-1877.

« Le caractère de cette statistique, disait M. le Ministre, « est de s'appuyer, comme aucune autre n'a pu le faire « encore, sur le registre d'appel journalier ; d'avoir, par « conséquent pour base, non pas des moyennes mensuelles « ou annuelles, mais la réalité même de la vie scolaire, jour « par jour, classe par classe. Nous prenons pour unité, non « plus l'inscription et la présence d'un élève pendant un « an, un trimestre ou un mois, mais l'inscription et la pré- « sence d'un élève pendant une classe. De la sorte, nous « opérons sur une suite de nombres beaucoup plus considé- « rables, mais beaucoup plus clairs et plus sûrs, car ce sont « des nombres vrais ; c'est l'expression immédiate des faits ; « les enseignements qui en résultent ont une toute autre « autorité que les conclusions tirées de groupements artifi- « ciels, quelque plausibles qu'ils soient. »

« Nous cherchons à serrer de près la vérité en ce qui con- « cerne l'état de l'instruction, et pour cela nous remontons « le plus près possible de la source, c'est-à-dire du fait local « et quotidien. »

Appliquée à notre département, selon la méthode prescrite par l'instruction ministérielle, cette statistique a donné des résultats que j'ai l'honneur d'exposer succinctement dans ce rapport, avec les conclusions auxquelles elle a conduit.

L'unité statistique de présence étant la séance scolaire ou le demi-jour de classe, la fréquentation de l'année 1876-1877 a été représentée, pour un élève d'une assiduité parfaite, par 444 demi-jours de classe, défalcation faite des jeudis, des dimanches et des vacances réglementaires.

La non-présence d'un élève à une classe est une non-valeur que chaque maitre est tenu de noter soigneusement. Si nulle absence ne se produisait, l'école se trouverait, de ce côté, dans des conditions parfaites. L'enseignement du mai-tre suivrait directement sa voie et se déroulerait sans entrave selon les indications de son programme. Mais il n'en est point ainsi.

Distinguant entre les présences que peuvent fournir les élèves inscrits et celles qu'ils réalisent effectivement sur les bancs de l'école, le relevé statistique a établi pour point de départ que si la fréquentation des 49,089 élèves de la popu-lation scolaire n'avait présenté aucune lacune et qu'ils fussent tous venus en octobre, elle se serait chiffrée par 21,795,516 demi-jours de présence (444 × 49,089 = 21,795,516). Le total réel, pour lequel on a tenu compte du départ des élè-ves qui, dans le cours de l'année, ont quitté l'école pour n'y plus revenir, ne s'est élevé qu'à 18,265,992 demi-jours de présences possibles, dont il n'a été réalisé que 15,183,348 présences effectives.

Le tableau suivant indique les fluctuations incessantes de la fréquentation scolaire et la manière dont se sont réparties les présences mensuelles.

MOIS.	Nombre de demi-jours de classe.	Nombre des élèves inscrits sur les registres matricules.	Maximum des présences possibles des élèves inscrits.	Présences effective.
Octobre 1876..	44	42.106	1.666.405	1.236.144
Novembre....	40	44.475	1.707.466	1.536.024
Décembre....	40	44.689	1.734.789	1.600.097
Janvier 1877..	44	42.629	1.849.414	1.709.578
Février.......	40	42.488	1 676.791	1 540.119
Mars........	40	41.238	1 727.103	1.565.418
Avril........	32	41.903	1 332.865	1.130.657
Mai..........	42	41.906	1.698.778	1.396.052
Juin........	44	41.342	1.738.982	1.297.597
Juillet.......	44	41.073	1.715.846	1.224.674
Août........	34	39.896	1.417.793	936.988
Totaux...	444	42.159 (moyenne).	18.265.992	15.183.348

Ces éléments permettent de déterminer avec précision la part de la fréquentation réelle et d'évaluer les pertes que les absences infligent aux études.

Il suffit, à cet effet, de prendre le rapport du nombre des présences effectives avec le chiffre qui représente mensuellement la présence constante d'un élève dont la fréquentation serait sans lacune.

Le calcul donne les résultats qui suivent :

MOIS.	Nombre de demi-jours de présence effective.	Nombre des élèves d'une assiduité parfaite que représentent les présences effectives.	Nombre des élèves inscrits au registre matricule et fréquentant les écoles tant bien que mal.	Pertes mensuelles de la fréquentation exprimées en élèves.	Rapport de la perte au nombre des élèves.
Octobre 1876.	1.236.144	28.094	42.106	14.012	0.33
Novembre...	1.536.024	38.400	44.475	6.075	0.14
Décembre....	1.600.097	40.002	44.689	4.687	0.11
Janvier 1877.	1.709.578	39.081	42.629	3.548	0.08
Février......	1.540.119	38.503	42.488	3.985	0.09
Mars........	1.565.418	39.135	41.238	2.103	0.05
Avril........	1.130.657	35.333	41.903	6.570	0.16
Mai.........	1.396.052	33.239	41.906	8.667	0.21
Juin........	1.297.597	29.491	41.342	11.851	0.29
Juillet.......	1.224.674	27.833	41.073	13.240	0.32
Août........	936.988	27.558	39.896	12.338	0.31
Totaux...	15.183.348	34.242 (moyenne)	42.159 (moyenne)	7.017 (moyenne)	0.19 (moyenne)

Ce tableau se passe de commentaires. Il met à nu le point le plus faible de notre organisation scolaire. Les chiffres qu'il présente ne semblent-ils pas fournir de puissants arguments aux adversaires de la liberté absolue et si facilement abusive du père de famille ? Un état de choses qui se traduit par une perte mensuelle moyenne du cinquième des élèves, et, à certaines époques de l'année, par celle du tiers et du quart de l'effectif scolaire, appelle, sans contredit, de sérieuses réformes. N'y a-t-il pas, au point de vue économique, un contraste choquant entre les sacrifices croissants que le pays s'impose si libéralement au profit de l'éducation populaire, et l'infirmité relative des résultats qu'ils produisent ? Si nous nous glorifions, avec raison, du chiffre de notre population écolière, pourquoi ne faisons-nous pas fructifier, autant qu'il dépend de nous, ce riche trésor, le capital, après tout, le plus précieux de la nation ?

De quoi s'agit-il, en effet ? De l'avenir et de la grandeur de la France, dont notre patriotisme, à tous, se préoccupe également, des jeunes générations qu'il importe de préserver de l'ignorance et des vices qu'elle engendre, et de pourvoir d'une éducation saine et forte par la discipline de l'école, salutaire préparation à celle que la morale et les lois exigeront d'elles dans la société.

CHAPITRE V.

ENSEIGNEMENT. — MÉTHODES. — RÉSULTATS.

Il n'est point d'école ou les matières du programme obligatoire ne soient enseignées. Le succès n'est pas partout le même, mais on peut dire que les résultats généraux sont satisfaisants.

La lecture, l'écriture, le calcul, l'orthographe, la langue française et l'instruction morale et religieuse sont les matières les plus prospères. Celle-ci est enseignée conformément à la loi et les règlements, sous la direction toute spéciale des ministres des cultes.

L'enseignement de la géographie a fait des progrès sensibles et se dégage chaque jour davantage d'abus et de procédés routiniers. Bon nombre d'écoles ont été, dans ces dernières années, gratifiées d'excellentes cartes par la munificence de M. le Ministre de l'Instruction publique, et du Conseil général. La générosité privée a, de son côté, répandu ses largesses au profit de nos écoles, sous forme de dons de cartes.

Toutes nos écoles ne sont pas encore pourvues de ce matériel indispensable. Plusieurs de celles qui passent pour en être dotées ne peuvent en faire un usage utile, tant certaines cartes sont petites de format, surchargées de détails inutiles, confuses et impropres à l'enseignement.

Il importe au succès de cette étude que les élèves aient sous les yeux, d'une manière qui s'empare de leur attention, la figure saisissante des formes géographiques essentielles, celles des principaux accidents naturels, des divisions capitales, des villes, des fleuves, et des montagnes qu'il n'est pas permis d'ignorer. Il y a des détails dont il faut dégager l'enseignement élémentaire ; car, s'ils ont leur utilité et leur rang dans la science complète, ils ne doivent point figurer dans la mesure sagement limitée qui s'adresse aux enfants de nos écoles. Nos cartographes ne se préoccupent pas assez de cette considération, et ils cherchent plus à rivaliser par l'abondance de leurs indications que par une judicieuse sobriété.

L'enseignement de la géographie par l'aspect et par l'étude raisonnée des cartes bien faites qui, par l'habileté du dessin et l'artifice des couleurs, savent mettre en évidence les faits essentiels dont il importe de vulgariser la notion, est plus efficace que la méthode laborieuse, moins suivie dans nos écoles que par le passé, de faire apprendre par cœur des textes dont le souvenir est fugitif.

L'étude de l'histoire de France présente de moindres résultats que celle de la géographie.

Introduite à une date récente dans les écoles primaires, elle n'a pas trouvé immédiatement la méthode qu'il convient d'y suivre, et semble, dans un assez bon nombre d'écoles, hésiter encore sur ce point. Et cependant quelles ressources n'offre-t-elle pas pour exciter l'attention des élèves, charmer leur imagination et nourrir les sentiments de leur jeune patriotisme !

Grâce à la vigilance de l'autorité académique et à la direction qu'elle donne à l'enseignement, on abandonne peu à peu l'usage d'assujettir les élèves à la seule étude de mémoire du texte de l'ouvrage qu'ils ont entre les mains, et dont le style est souvent au-dessus de leur portée. Les maîtres se familiarisent mieux chaque jour avec la méthode narrative accompagnée de développements intéressants et vivifiée par des interrogations bien dirigées, comme par des comptes-rendus oraux ou écrits, qui ont pour effet de fixer, d'une manière sûre, la connaissance des faits historiques dans la mémoire et l'intelligence des élèves.

Cette méthode convient seule à nos écoles élémentaires, pour lesquelles il faut se borner aux faits les plus saillants, en se gardant surtout de fatiguer la mémoire des enfants par de stériles nomenclatures de dates et de noms historiques.

Ces considérations concernent à la fois les écoles de garçons et les écoles de filles. Il y a lieu cependant de faire remarquer que ces dernières ont la tendance de faire prévaloir dans les études l'exercice parfois exclusif de la mémoire. L'enseignement dans les écoles de garçons s'adresse davantage aux facultés plus élevées de l'intelligence. La réflexion et le raisonnement entrent pour une plus large part dans la pédagogie des instituteurs.

Mais pour compenser cette inégalité, les institutrices de toutes les catégories ont un mérite que je m'empresse de reconnaître. L'éducation qu'elles donnent aux jeunes filles qui leur sont confiées, les vertus qu'elles leur inspirent, les qualités qu'elles développent en elles, la douceur, la modestie, la réserve, font de ces enfants l'ornement du foyer domestique et préparent, pour l'avenir, ces fortes et nobles mères de famille qui ne sont pas un des moindres éléments de la prospérité et de la grandeur morale d'un pays.

Nous insistons, dans les conseils que nous donnons au

personnel enseignant, sur ce qu'a d'important l'explication attentive de la lecture.

Les élèves ne savent d'ordinaire que très-imparfaitement rendre compte de ce qu'ils lisent, de la valeur des mots, de la signification et de l'emploi des expressions et des idiotismes de la langue française. Leur vocabulaire est très-borné. Il importe de le développer par l'usage raisonné de la lecture.

L'éducation des enfants n'a qu'à gagner à cet exercice qui, en enrichissant le fonds de connaissances pratiques que l'école est chargée de leur donner, fournit chaque jour, par l'explication des textes, l'occasion de sages réflexions et de bons conseils, et donne ainsi aux maîtres et aux maîtresses le moyen de développer et de fortifier le sentiment du bien, du juste et de l'honnête.

Dans la plupart des écoles, des exercices de dessin, d'arpentage et de chant s'ajoutent au programme obligatoire. L'arithmétique appliquée, la géométrie, l'hygiène et d'autres matières facultatives sont enseignées dans les meilleures écoles. Bon nombre d'instituteurs font, dans les classes du jour aussi bien que dans les classes d'adultes, des leçons sur les notions élémentaires d'agriculture, qui sont restées jusqu'ici rangées au nombre des matières facultatives de l'instruction primaire. Cet enseignement, qu'il conviendrait peut-être de rendre obligatoire dans une certaine mesure, exerce sur l'éducation de la jeunesse des campagnes une excellente influence, en appelant son attention et celle des familles sur les ressources qu'offre au travail une bonne instruction agricole.

La langue allemande est enseignée dans 32 écoles publiques, parmi lesquelles figurent les 23 écoles de la ville de Nancy, où des maîtres spéciaux sont chargés de donner plusieurs leçons par semaine. Nous félicitons l'autorité municipal des sacifices qu'elle fait pour cet enseignement, qui aurait besoin de s'étendre dans ce département frontière.

Dans les écoles de filles et dans les écoles mixtes pourvues

d'une maitresse des travaux à l'aiguille, les filles apprennent
le tricot, la couture et les travaux manuels qui sont si émi-
nemment utiles à la bonne tenue d'une maison.

La gymnastique, obligatoire dans les écoles de divers
Etats, en Europe et en Amérique, est loin d'être chez nous,
à la hauteur des autres matières du programme scolaire.
Peu de maîtres ont été préparés à donner cet enseignement.
Il est à désirer cependant qu'il se développe et se répande
dans nos écoles, et que nos instituteurs soient initiés, dans
des conférences cantonales, par un gymnaste spécial, à la
connaissance des exercices les plus importants que prescrit
le décret du 3 février 1869.

La gymnastique n'est-t-elle pas, en effet, un utile complément de l'éducation physique de la jeunesse ? Trente de nos
écoles, parmi lesquelles toutes celles de Nancy, sont pourvues d'appareils gymnastiques. Le prix assez élevé de ces
appareils a été jusqu'ici un des obstacles à l'enseignement de
la gymnastique ; mais on ne doit pas perdre de vue que le
décret mentionné plus haut indique un ensemble d'exercices
qui s'exécutent sans instrument et qui peuvent entrer sans le
moindre sacrifice dans le programme de nos écoles.

L'excellent *Manuel de gymnastique* du capitaine Vergnes,
que nous recommandons aux instituteurs, expose les procédés de cette gymnastique peu coûteuse qui, en assouplissant
les membres et en formant aux principes de la tenue, de la
marche et des évolutions, prépare aux exercices de l'école
du soldat, ajoutés, dans quelques écoles, au programme
classique. Par de tels exercices, auxquels ils prennent rapi-
dement goût et qui ont la plus heureuse influence sur leurs
habitudes et leur caractère (1), les enfants préludent et se

_____

(1) En Allemagne, en Suisse, en Suède, l'enseignement de la gymnastique est un plaisir pour la jeunesse, qui s'y fortifie physiquement
et moralement. Quand on a assisté aux leçons et aux fêtes que les
gymnastes allemands savent animer d'un souffle patriotique, on
comprend qu'ils s'efforcent de rester fidèles à leur devise, les quatre F
formant carré, que l'on remarque au-dessus de la porte d'entrée de
chaque gymnase, ainsi que sur les bannières, et qui signifient:
Frisch, frais ; *Frei,* libre ; *Frœlich,* gai ; *Fromm,* pieux.

préparent au sévère apprentissage de la vie militaire qui les
attend sans distinction, et les maîtres qui les forment se
donnent la louable satisfaction de remplir ce programme si
vrai dans sa simplicité, sur lequel insistait déjà Montaigne,
en disant, d'après un ancien, que la bonne institution des
enfants exigeait « qu'ils apprinssent ce qu'ils doibvent faire
« estants hommes (1) ».

Les résultats de l'enseignement se sont traduits, d'une
manière générale, par le classement des écoles. Sur les
1051 écoles publiques et libres, ouvertes en 1871, 204 ont
été jugées *très-bonnes* par MM. les Inspecteurs primaires,
347 ont mérité la note *bien*, 450 la note *assez bien* ; 28 ont
été reconnus *passables*, et 22 ont paru *faibles*.

La vigilance de l'inspection a pour effet de stimuler le
zèle des maîtres. Outre que les visites fréquentes des écoles
ont pour objet de contribuer à la bonne direction de l'enseignement, elles permettent de déterminer l'état comparé des
résultats à des époques plus rapprochées, et de mieux appré-
cier les obstacles qui s'opposent à la propagation de l'instruction primaire, et le mérite des efforts faits pour les
surmonter.

C'est en s'inspirant de cette pensée que le législateur a
porté sur le budget 1878 le crédit nécessaire pour la création
d'une cinquième inspection primaire dans le département.
La circonscription assignée au nouveau titulaire, dont l'entrée
en fonctions a eu lieu le 1er mai dernier, a été formée par
le dédoublement des arrondissements de Nancy et de
Lunéville, qui, à eux seuls, possèdent les trois cinquièmes
des écoles du département. Elle porte le titre de 2e *circonscription de Nancy*, et comprend 226 écoles et salles d'asile
réparties dans les cantons de Nancy-Ouest, de Vézelise, de
Haroué, de St-Nicolas-du-Port et de Bayon.

« La gymnastique, en effet, pratiquée dès l'enfance, fortifie les races,
« les empêche de dégénérer physiquement et forme des populations,
« viriles, également propres aux travaux de la paix et à ceux de la
« guerre. »
(Consulat de France à Cologne : dépêche du 9 avril 1868).
(1) Liv. 1, ch. 24.

CERTIFICAT D'ÉTUDES.

La valeur de nos écoles s'est traduite, sous une autre forme, par les examens du certificat d'études, dont les plus récents ont eu lieu au mois de mai dernier.

Le nombre des aspirants va croissant chaque année.

De 349 qu'il était en 1873, époque où l'intitution a été introduite dans le département, il s'est élevé cette année à 1591.

Sur ce nombre, 1269 ont été admis par les commissions cantonales. La proportion du nombre des éliminés au nombre total, a été de 20 pour 100, ou le cinquième.

Le tableau suivant indique les progrès réalisés depuis cinq ans

ANNÉES.	Nombre des écoles qui ont pris part aux examens.				Nombre des candidats qui ont été examinés.			Nombre des certificats délivré.		
	Écoles de garçons ou mixtes.	Proportion pour 0/0.	Écoles de filles.	Proportion pour 0/0.	Aspirants.	Aspirantes.	Total.	Aspirants.	Aspirantes.	Total.
1874	201	32 0/0	35	11 0/0	579	218	797	434	176	610
1875	225	36 0/0	66	22 0/0	802	344	1146	515	262	777
1876	262	41 0/0	91	29 0/0	821	422	1243	642	345	987
1877	271	42 0/0	94	30 0/0	941	479	1420	676	382	1058
1878	322	49 0/0	111	35 0/0	1062	529	1591	843	426	1269

Cette modeste et excellente institution du certificat d'études a, dès le début, excité le plus vif intérêt. Les maîtres et les écoliers, flattés de la constatation publique, des résultats de leurs efforts, se prennent chaque année, ainsi que les chiffres qui précèdent en font foi, d'un nouvel élan de zèle.

L'amour-propre s'en est mêlé, et chaque hiver nous constatons le retour dans nos écoles et dans nos cours d'adultes de nombreux étudiants que meut le désir de gagner, comme leurs condisciples , un titre auquel s'est immédiatement attachée la faveur publique.

Des vues d'un ordre plus élevé entrent dans la préoccupation des familles qui, dès l'origine, ont vu dans le certificat d'études un moyen, pour leurs enfants, de profiter de certaines dispositions que la nouvelle loi militaire (1) établit à l'avantage des soldats qui justifient d'une bonne instruction élémentaire.

Quelques préventions avaient, à l'origine, accueilli l'institution du certificat d'études. Elles se sont dissipées sans effort.

Les hommes les plus considérables du pays, les délégués cantonaux et les diverses autorités, témoins des travaux des Commissions d'examen, qu'ils honorent de leur coopération, encouragent l'administration dans la voie où elle est entrée à ce sujet, et se plaisent à exprimer la satisfactio·. qu'ils éprouvent d'une innovation dout ils reconnaissent l'utilité pratique et l'influence moralisatrice sur la jeunesse.

Cours d'adultes. — Les cours d'adultes concourent avec les examens du certificat d'études à réduire chaque année le nombre des conscritsillettrés;

En 1833, la moyenne générale en France des conscrits qui ne savaient ni lire ni écrire était de 49 pour 0/0 d'après la statistique officielle. En 1868, elle était descendue à 21. Durant la même période de trente-cinq ans, l'ancien département de la Meurthe avait vu descendre le nombre des conscrits ignorants de 15, 16 à 1,95.

Le nouveau département de Meurthe-et-Moselle continue les progrès de son devancier, car les classes de 1872 à 1876 ont fourni la progression décroissante : 1,68,

---

(1) Aux termes de l'article 41 de la loi du 27 juillet 1872, les jeunes soldats qui font partie de la deuxième portion du contingent, et qui, à l'expiration du temps de service fixé pour leur instruction militaire, ne savent pas lire et écrire, et ne satisfont pas aux examens déterminés par le Ministre de la guerre, pourront être maintenus au corps pendant une seconde année.

— 1,42, — 1,39, — 1,14, — 1,03 (1).

Pour la classe de 1877, qui n'a présenté que 33 illettrés sur 3,527 conscrits, la proportion est devenue moindre que l'unité : 0,93.

Quatorze cantons sur 27 n'ont pas compté un seul conscrit qui ne sût lire et écrire.

Cependant la proportion des conscrits illettrés n'est pas encore près de se réduire à zéro, car, en 1877, 151 enfants, de 7 à 13 ans, n'ont fréquenté aucune école ni reçu d'instruction dans la maison paternelle.

En 1876, on en avait compté 157. La maladie, des infirmités, la misère extrême concourent chaque année à la formation de ce contingent de l'ignorance ; mais l'incurie et l'indifférence de certaines familles l'alimentent dans la proportion des trois quarts environ.

Il est à désirer que le législateur inscrive dans nos codes des dispositions qui obvient à un pareil abus de la puissance paternelle.

Les 469 cours d'adultes qui ont été ouverts l'hiver dernier ont reçu 11,167 élèves dont 9,333 dans les 409 cours tenus par les instituteurs, et 1,834 dans les 60 cours de femmes, dirigés par les institutrices.

Ces cours, dont la tenue n'a pas donné lieu au moindre inconvénient, ont été tous gratuits. L'Etat les a encouragés par une subvention de 25,000 fr.

CHAPITRE VI.

PERSONNEL. — SA SITUATION. — SA VALEUR.

Le personnel enseignant du département se rend digne de la confiance des familles et des autorités, par la régularité de

(1) Pour l'instruction des conscrits, notre département occupe sans nul doute un des premiers rangs. Dans la Seine-Inférieure, par exemple, la moyenne des conscrits sans instruction était de 27,75 p. 0/0 en 1860, et de 22,60 l'année dernière.

(Bulletin de l'Instruction primaire de la Seine-Inférieure, n° de mai 1878, page 141).

· sa conduite et par le zèle intelligent qu'il apporte à l'accomplissement de son devoir.

La loi du 19 juillet 1875, en répartissant les instituteurs dans quatre classes, aux traitements de 900, 1000, 1100 et 1200 francs, et les institutrices en trois classes, 700, 800 et 900 francs, a notablement amélioré la situation de ces utiles fonctionnaires.

A mesure que le programme de l'enseignement a été étendu par les lois des 21 juin 1865 et 10 avril 1867, et que le niveau des épreuves à subir pour le brevet de capacité s'est élevé, l'instruction des maîtres et des maîtresses s'est agrandie et fortifiée. La valeur des écoles est intimement liée au degré d'instruction de ceux qui les dirigent, et, bien qu'aux yeux de quelques personnes il ne semble falloir qu'une instruction très-limitée qour enseigner à lire, à écrire, à calculer, l'expérience a fait voir que les écoles confiées à des maitres qui ne possèdent que le strict nécessaire, végètent dans un état de réelle infériorité. Plus, au contraire, les instituteurs ont de lumières et de savoir, plus leurs écoles sont prospères, et mieux sont marqués les résultats qu'elles présentent, aussi bien au point de vue de l'éducation que de la culture intellectuelle.

C'est en se plaçant à ce point de vue, que la loi du 19 juillet 1875 a attaché à la possession d'un brevet complet un complément annuel de cent francs de traitement.

Nous espérons que cette disposition donnera une nouvelle impulsion aux études par lesquelles nos aspirants instituteurs se préparent à leur carrière. Déjà un certain nombre de maitres en fonctions se sont présentés avec succès aux épreuves du brevet facultatif. Ils ne manqueront pas d'imitateurs à chacune des sessions de la Commission d'examen du brevet, et un zèle aussi louable tournera infailliblement au profit des écoles dont l'enseignement deviendra plus intelligent et plus méthodique.

A de rares exceptions près, les instituteurs et les institutrices vivent en bonnes relations avec les autorités locales. Leurs services sont très-appréciés. Les instituteurs sont très-utiles aux maires, qui trouvent en eux des auxiliaires précieux pour l'administration des intérêts municipaux. D'autre part, la plupart sont attachés au service de l'église, en qualité de clers-chantres, et coopèrent à la célébration du culte.

Mais il importe de dire que les fonctions accessoires sont la source toujours ouverte des difficultés qui surviennent entre eux et les communes. Presque toutes les affaires contentieuses que l'administration est appelée à juger chaque année n'ont pas d'autre origine ; et c'est à force de vigilance, de bonne direction et de sages conseils, que l'autorité académique réussit à conjurer bien des conflits, prêts à naître de la coopération des instituteurs aux affaires qui préoccupent ou passionnent les populations.

Vingt-quatre récompenses honorifiques ont été décernées au personnel enseignant du département, en 1877, par M. le Ministre de l'Instruction publique.

M. Mangeot, instituteur à Thézey-St-Martin, a été décoré des palmes d'officier d'académie ;

La médaille d'argent a été accordée à M. Mosimann, instituteur à l'école des Cordeliers, à Nancy ;

A Mme Diot, sœur de la doctrine chrétienne, institutrice à Ormes-et-Ville ;

A Mme Hazard, sœur Raphaël de la congrégation de St-Charles, directrice de la salle d'asile St-Léon, à Nancy.

Les autres récompenses ont consisté en cinq médailles de bronze, dont 3 à des institutrices, et 15 mentions honorables, dont 5 à des institutrices, 8 à des directrices de salles d'asile et 2 à des institutrices-adjointes.

Mais l'administration, qui a évité avec le soin le plus scrupuleux, d'assombrir le régime disciplinaire par des mesures inopportunes de sévérité, s'est vue dans la nécessité de révoquer un instituteur, coupable d'une faute énorme, et de frapper de suspension quatre autres maîtres qui avaient gravement manqué à leurs devoirs professionnels. Ces suspensions ont varié de quinze jours à trois mois.

Les faits de cette nature, qui sont inévitables dans un

nombreux personnel et qu'il est de notre devoir de mentionner ici, sont heureusement fort rares et ne sauraient porter atteinte à l'honorabilité du corps enseignant.

Société de secours mutuels. — La plupart des instituteurs et bon nombre d'institutrices et de directrices de salles d'asile, sont membres d'une société de secours mutuels qu'ils ont établie entre eux. Cette société s'administre elle-même, sous la présidence de M. Creutzer, inspecteur primaire à Nancy, par un Conseil élu parmi ses membres pour une période quinquennale (1). Elle est très-prospère et comptait, au 31 décembre dernier, un actif de 43,026 fr. 45 se décomposant ainsi qu'il suit :

1° Fonds absorbés par la constitution de 22 pensions de retraite. . . . . 17,584ᶠ, »
2° Fonds disponibles à la caisse des retraites 19,541 ,84
3° Fonds placés à la caisse des dépôts et consignations. . . . . 1,407 ,18
4° Versement depuis le 31 décembre 1876. . 4,000 , »
5° Caisse d'épargne . . . . 288 ,51
6° Caisse courante. . . . . 124 ,92
7° Prêt non remboursé. . . . . 80 , »
                           Total égal. . . . 43,026ᶠ,45

On voit que cette intéressante association, que le Conseil général a bien voulu gratifier l'année dernière d'un don de 600 francs, ce dont nous le remercions ici, n'a pas seulement pour objet de venir en aide à ceux qu'atteint la maladie ou l'infortune ; elle accorde, en outre, à ses membres, une petite retraite qui améliore celle que l'Etat assure à ses instituteurs affaiblis par l'âge et par les fatigues de la profession.

CHAPITRE VII.

ÉCOLE NORMALE D'INSTITUTEURS. — COURS NORMAL D'INSTITUTRICES.

Sous une direction intelligente et dévouée, secondée par

(1) Les Présidents qui ont successivement administré la Société, depuis sa fondation, sont: MM. le baron Buquet, ancien député ; Hugueny, inspecteur d'Académie ; Rousselot, inspecteur d'Académie et Creutzer, inspecteur primaire à Nancy, élu le 13 décembre 1877.

des maîtres-adjoints d'une valeur éprouvée, l'école normale de Nancy produit des résultats dignes des sacrifices que le Conseil général fait pour elle.

Elle est la meilleure pépinière du corps enseignant. C'est de là que sort l'élite de nos maîtres. Les jeunes gens qu'elle forme, non-seulement sont pourvus de connaissances solides et variées, mais, ce qui est non moins précieux dans les fonctions auxquelles ils se destinent, doués de qualités de caractère et d'esprit qui sont le meilleur témoignage des soins apportés à leur éducation professionnelle. Ils sont laborieux et sensés, d'une modestie de bon aloi, exempte de bassesse, et d'une déférence pleine de dignité pour les autorités. Aussi sont-ils accueillis avec faveur partout où nous les plaçons.

Dans les examens du brevet de capacité auxquels se sont présentés, en août 1877, 66 aspirants, dont 38 ont été brevetés, l'école a conquis les treize premiers rangs, puis les 15 16e et 17e.

Un élève maître a été jugé digne du brevet complet. Cinq autres ont touché de très près à ce titre. Tous les autres ont obtenu le brevet facultatif.

Malheureusement, deux élèves-maîtres ont échoué dans les épreuves du brevet obligatoire. Il faut en attribuer la cause aux interruptions de leurs études par la maladie et à de faibles dispositions intellectuelles.

L'effectif réglementaire de l'école est de 60 élèves ; mais le décès d'un élève et la maladie prolongée d'un autre l'ont réduit, à la date du 1er juin dernier, à 58 élèves ainsi répartis :

Première année.	20 élèves
Deuxième année	22 —
Troisième année	16 —
Total	58

L'école est située dans les meilleures conditions de salubrité. Aussi l'état sanitaire est-il habituellement excellent.

Toutefois, dans le courant de l'hiver dernier, une épidémie de fièvre scarlatine parut sur le point de sévir sur les élèves

Deux furent atteints, mais d'une façon bénigne ; quelques autres éprouvèrent des maux de gorge. Grâce aux précautions qui furent prises, le mal ne prit pas de développement, et l'on en fut quitte pour une panique qui troubla un moment l'école.

Celle-ci a été visitée au mois d'avril dernier par M. l'Inspecteur général Gérardin. Ce haut fonctionnaire a été satisfait de la situation qu'il a constatée et en a parlé avec éloges.

Cours normal. — Un cours normal d'institutrices laïques est installé dans la maison-mère de la Doctrine chrétienne de Nancy. Le département y entretient neuf demi-bourses.

Le cours est de trois ans et compte cette année 28 élèves dont 12 en première année et huit dans chacun des deux autres groupes. La direction des études ne laisse rien à désirer. Le régime disciplinaire est fondé sur la persuasion et la raison, sans exclure une intelligente fermeté. Une élève coupable d'indocilité obstinée a été renvoyée dans sa famille. L'excellente conduite des institutrices qui se sont formées au cours normal fait l'éloge de l'éducation qui y est donnée et les place haut dans l'estime des familles et des autorités.

Les élèves-maîtresses se distinguent chaque année aux examens du brevet de capacité. Les dix qui en ont subi les épreuves en 1877 ont été toutes admises avec de bons rangs. Une d'elles a obtenu le brevet de premier ordre et quatre le brevet facultatif.

Le Conseil général a, dans sa session d'avril de cette année, résolu la création d'une école normale laïque de filles. Le projet est à l'étude et sera voté, selon toute apparence, dans la prochaine session d'août.

Le département sera ainsi doté d'une utile institution que possèdent déjà plusieurs autres départements et que le législateur se proposa de rendre obligatoire.

CHAPITRE VIII.

CAISSES D'ÉPARGNE SCOLAIRES.

L'institution des caisses d'épargne scolaires, si prospère

en Belgique et en Angleterre et si propre à former l'enfance de nos écoles à des habitudes d'ordre et de prévoyance, prend dans le département un développement remarquable.

Au 1er juin 1876, 24 de nos écoles étaient dotées d'une caisse d'épargne et possédaient, pour 641 élèves déposants, une économie de 6,407f,75.

Ces premiers résultats répondaient au sympathique accueil que le Conseil général avait fait, dans sa session de l'année précédente, à l'idée d'introduire l'institution dans le régime de nos écoles, avec cette réserve cependant qu'elle n'y devait pas revêtir un caractère obligatoire.

Le vœu émis à ce sujet, le 26- août 1875, par la haute assemblée départementale, a été entendu de nos instituteurs, et, en moins de deux ans, les chiffres qui précèdent ont été presque décuplés.

Le tableau suivant indique la situation de nos 201 caisses d'épargne scolaires, à la date du.1er mars 1878.

ARRONDISSEMENTS.	Nombre des caisses.	Nombre des déposants.	Montant total des épargnes.	Chiffre moyen de l'épargne par élève.
Briey . . . . : . .	30	603	8.962f, »	14f,86
Lunéville	53	914	13.225, »	14 ,47
'Nancy.	76	1.913 ·	24.845,51	12 ,99
Toul	42	712	9.500 , »	13 ,34
Totaux. . .	201	4.142	56.532f,51	13f,65

L'essor de nos caisses d'épargne eût été plus rapide encore s'il n'avait été entravé, sur plusieurs points, par le manque d'imprimés nécessaires au fonctionnement de l'œuvre. Dans les communes manquant de ressources, cet obstacle a souvent été très-sérieux. On ne saurait songer à prélever sur le pécule lentement accumulé des enfants, l'argent nécessaire aux frais quelque modiques qu'ils soient.

Qu'il me soit permis d'exprimer ici le vœu que le Conseil général veuille bien, au moyen d'un léger crédit, favori-

ser, par la fourniture des premiers objets indispensables, la
création et le développement de ces caisses dans les communes
les plus déshéritées (1).

CHAPITRE IX.

BIBLIOTHÈQUES SCOLAIRES.

Le nombre des bibliothèques scolaires s'élève progressive-
ment. Il était de 483 au 1er janvier 1876 Au commence-
ment de 1878, nous avons compté 492 bibliothèques pourvues
de 57,453 livres à prêter aux familles, sans compter 25.000
volumes environ de livres classiques à mettre entre les mains
des élèves.

Les chiffres qui suivent présentent la situation comparée
des bibliothèques scolaires dans ces trois dernières années.

DATES des relevés.	NOMBRE des bibliothèques.	NOMBRE des livres à prêter.	NOMBRE des prêts.
1er janvier 1876.	483	51.223	39.930
— 1877.	488	54.779	45.076
— 1878.	492	57.453	42.139

On voit que si le nombre des livres suit une marche ascen-
dante, il n'en est pas de même de celui des prêts, qui semble
revenir d'un maximum qu'il a atteint en 1876.

Ce fait est loin de prouver contre l'institution elle-même,
dont personne ne conteste l'utilité, mais il s'explique par le

(1) L'usage de la caisse d'épargne est entré moins profondément
dans les mœurs françaises que dans celles d'autres pays de l'Europe,
ainsi que le démontre le tableau suivant dressé par les soins de M. de
Malarce, le zélé propagateur des caisses d'epargne scolaires :

En Suisse, il y a. . . . . 1 déposant sur 5 habitants ;
  — Danemarck. . . . . . 1 — 6 —
  — Suède et Norvége. . . 1 — 8 —
  — Angleterre . . . . . . 1 — 10 —
  — Prusse . . . . 1 — 12 —
  — Allemagne (ensemble). 1 — 14 —
  — France . . . . 1 — 18 —

Le développement de nos caisses d'épargne scolaires contribuera
assurément à nous faire assigner un rang plus flatteur.

manque de livres nouveaux. Les bibliothèques qui ne s'alimentent pas d'année en année n'offrent plus d'intérêt aux lecteurs et finissent par perdre toute vitalité.

C'est ce que comprennent bon nombre d'administration municipales qui n'hésitent pas d'inscrire tous les ans un crédit sur leur budget en faveur de la bibliothèque scolaire. Il serait à désirer que leur exemple fût partout imité.

Quelle que soit la situation financière d'une commune, il ne lui est pas impossible de consacrer chaque année une dizaine de francs à l'entretien de sa bibliothèque, et ce léger sacrifice pourrait être facilement encouragé au moyen du crédit que le Conseil général vote annuellement au profit des bibliothèques scolaires, et par les dons de livres que M. le Ministre de l'Instruction publique fait sur les ressources dont il dispose.

En examinant les registres de prêts, on constate que les livres d'histoire sont le plus fréquemment demandés. Les récits de voyages et les livres d'agriculture viennent ensuite. Les ouvrages scientifiques même élémentaires sont bien moins demandés.

En résumé, bien que nos écoliers et nos adultes soient loin de manquer d'aptitude pour les sciences exactes et les connaissances scientifiques, la muse sévère des sciences les charme moins que les tableaux émouvants de l'histoire et les scènes variées qu'offrent à leur imagination les récits de hardis voyageurs et la description de lointaines régions.

CHAPITRE X.

DÉLÉGATIONS CANTONALES.

Dans sa séance du 25 mars 1878, le Conseil départemental a renouvelé les délégations cantonales dont les pouvoirs étaient expirés depuis le premier janvier dernier. Il a procédé à la nomination de 370 délégués, sur les propositions d'une commission prise dans son sein et composée de MM. les conseillers généraux Comon, Deligny, Munier, Viox, et des ministres des cultes : MM. l'abbé Jambois, vicaire général, le pasteur Schmidt et le grand-rabbin Libermann.

Sur l'invitation de M. le Préfet, les délégations se sont réunies, le 15 avril dernier, en séances cantonales, où chacune a constitué son bureau et procédé à la répartition, entre MM. les délégués, des écoles dont la visite leur est attribuée.

L'administration se félicite du concours qu'elle a toujours trouvé dans les délégations cantonales. Leur action est précieuse à plus d'un titre. Elle rapproche des écoles une surveillance qui stimule et encourage, et qui, par une heureuse tradition toute à l'honneur du pays, est devenue celle de la bienveillance et d'une sollicitude éclairée. Elle constitue pour le personnel un patronage qui l'honore et qui le fortifie dans les épreuves et les difficultés de sa carrière. D'autre part, MM. les délégués, choisis parmi les notabilité du pays, sont de la plus grande utilité par les renseignements qu'ils donnent et par l'autorité qui s'attache à leurs appréciations dans les affaires contentieuses que l'administration est appelée à juger.

Il est de notre devoir de citer ici les services tout particuliers que rend la délégation du canton de Pont-à-Mousson. Sous l'inspiration du patriotisme élevé de son honorable président, M. Gourier, qu'affligeait vivement, au lendemain de nos malheurs, le spectacle de la France humiliée aussi bien par l'infériorité relative de notre instruction primaire que par les défaites sanglantes des champs de bataille, cette délégation fonda avec l'aide d'éléments pris dans son sein et avec l'adhésion de nombreux hommes de cœur, une *Société d'encouragement à l'instruction primaire*, *des bibliothèques roulantes*, et un *concours annuel entre les écoles du canton*.

Sur l'avis favorable du Conseil départemental, les statuts de l'institution reçurent l'approbation préfectorale, le 19 septembre 1873, après un premier essai de concours.

Depuis, quatre concours ont eu lieu dans des conditions régulières. Le cinquième se prépare en ce moment et se fera le 11 juillet prochain.

Ces concours auxquels prennent librement part les écoles de filles aussi bien que les écoles de garçons, et qui ont lieu dans deux centres, à Dieulouard et à Pont-à-Mousson, entre les élèves âgés de 9 à 13 ans, exercent la plus heureuse influence sur l'enseignement, dont ils élèvent visiblement le niveau dans le canton, ainsi que le constatent les résultats chiffrés relatés dans le tableau suivant :

Années des concours.	Moyenne générale des notes obtenues.		Rapport du nombre des concurrents à la population scolaire totale de 9 à 13 ans.	
	Ecoles de garçons et mixtes.	Ecoles de filles.	Garçons.	Filles.
1874	5,06	4,88	51 p. 0/0	44 p. 0/0
1875	5,45	5,05	52 p. 0/0	45 p. 0,0
1876	5,54	5,85	57 p. 0/0	52 p. 0/0
1877	5,77	5,44	61 p. 0/0	50 p. 0/0

A la suite de chaque concours, les écoles sont classées et les résultats proclamés en séance publique, où la Société d'encouragement distribue des récompenses aux élèves, sous forme de livrets de caisse d'épargne, et aux écoles, sous celle de cartes géographiques, de globes, de tableaux historiques et d'autres objets utiles à l'enseignement.

Les ressources que cette Société met ainsi à la disposition de la délégation cantonale, tant au profit des écoles que des bibliothèques, s'élève annuellement à une somme qui varie de sept à huit cents francs.

Nous félicitons vivement la délégation cantonale de Pont-à-Mousson du zèle qu'elle déploie, en l'encourageant à persévérer dans la voie où elle est entrée et en souhaitant qu'elle puisse avoir de nombreux imitateurs.

CHAPITRE XI.

CONCOURS ENTRE LES ÉCOLES EN VUE DE L'EXPOSITION UNIVERSELLE.

Conformément à une instruction ministérielle en date du 18 décembre 1877, qui invitait les administrations départe-

mentales à adresser, avant le 31 janvier 1878, à M. le Séna-
teur Commissaire général de l'Exposition universelle, les
travaux scolaires destinés à figurer dans cette solennelle
exhibition des produits de l'activité humaine, M. le Préfet,
par son arrêté du 7 janvier dernier, institua à Nancy une
Commission centrale et quatre Commissions d'arrondissement
chargées de l'examen des travaux que nos écoles de tous les
degrés étaient conviées à fournir.

Après une première opération éliminatoire, exécutée par
les Commissions d'arrondissement, le jury central, sous la
haute présidence de M. le Recteur de l'Académie, arrêta,
avec tout le soin possible, la liste des objets dignes d'être
envoyés à l'Exposition.

Ce choix ne fut pas sans présenter de nombreuses difficultés, tant la force productive de nos écoles s'était manifestée
par la quantité et par la valeur des travaux de maîtres et
d'élèves.

Les tableaux suivants donnent une idée de la tâche qui fut
dévolue aux études de la Commission :

I. Ecoles élémentaires.

Arrondissement.	Nombre des écoles qui ont pris part au concours.	Rapport du nombre des écoles qui ont pris part au concours au nombre total des écoles.	Cahiers.	Albums, dessins et cartes.	Cahiers d'adultes.	Travaux à l'aiguille.	Travaux des maîtres.	Totaux.
Briey. . .	74	36 p. 0/0	651	225	.	250	16	1.142
Lunéville .	57	21 p. 0/0	996	277	17	67	12	1.369
Nancy . .	121	31 p 0/0	1.331	474	27	327	27	2.136
Toul . . .	41	25 p. 0/0	483	247	76	93	33	932
Totaux.	293	28 p. 0/0	3.461	1.223	120	737	88	5.629

II. Ecole normale, cours normal de filles, écoles supérieures

DÉSIGNATION des établissements.	Travaux des maîtres.	Travaux d'élèves.	Travaux à l'aiguille.
Ecole normale départementale. . . .	2	172	»
id. (Ecole annexe). . . .	1	155	»
Cours normal de filles	»	62	30
Ecole supérieure de garçons, Nancy .	4	412	»
id. de filles, Nancy . .	»	186	21
Ecole d'apprentis de Nancy.	»	48	»
Ecole de dessin et de sculpture de Toul.	»	27	»
id. et de peinture de Nancy.	»	59	»
Ecole de modelage et de sculpture, id	»	25	»
Totaux.	7	1.146	51

De ce jugement à deux degrés est résultée une collection relativement peu nombreuse d'objets que la Commission-centrale a transmise avec confiance aux organisateurs de l'Exposition universelle. Nous nous plaisons à espérer que le département sera dignement représenté, par ses produits scolaires, dans ce grand concours où les rivaux ne lui manqueront pas, et qu'il y maintiendra le rang élevé qu'ont obtenu dans l'Exposition de 1867 les anciens départements dont nous portons encore le deuil et dont les noms se sont réunis dans le sien.

CHAPITRE XII.

BREVET DE CAPACITÉ.

Sous la présidence de M. l'abbé Blanc, aumônier du Lycée de Nancy, la Commission d'examen pour le brevet de capacité a tenu deux sessions, de quinze jours chacune, en mars et en juillet 1877.

Elle a eu à examiner 375 candidats au brevet obligatoire ou de 2e ordre, dont 122 aspirants et 253 aspirantes. Le nombre des candidats jugés dignes du brevet s'est élevé à 199, savoir : 54 aspirants et 145 aspirantes.

La proportion des ajournés a été de 44,26 p. 0/0 pour les aspirants, et de 42,68 p. 0/0 pour les aspirantes.

68 aspirants se sont présentés pour l'obtention du brevet facultatif; un a été jugé digne du brevet complet; 51 ont obtenu la mention d'une ou de plusieurs matières facultatives.

Le nombre des aspirantes au brevet de premier ordre ou au brevet facultatif a été de 78. Sur ce nombre, 33 ont été admises au brevet de premier ordre, 22 ont obtenu l'addition de quelques matières à leur brevet de 2ᵉ ordre; les 23 autres ont été ajournées.

Tel est, Monsieur le Préfet, dans ses traits généraux, le bilan de l'année 1877. Il traduit une situation assurément satisfaisante et permet de bien augurer de l'avenir d'un pays qui présente tant d'éléments de succès.

Puisse la jeunesse, à laquelle nous dévouons tous nos efforts, répondre aux sacrifices qui sont faits pour elle, et puisse-t-elle se rendre digne de la grave mission que les événements lui ont imposée, de relever la France par le travail, par la moralité, par la pratique des vertus civiques et, au besoin, si nos destinées le voulaient, par l'héroïsme et le dévouement sur les champs de bataille

Nancy, le 15 juin 1878.

L'Inspecteur primaire,
faisant fonctions d'Inspecteur d'Académie,

CREUTZER.

STATISTIQUE.

TABLEAU N° 1. — ECOLES PUBLIQUES.

ARRONDISSEMENTS.	ÉCOLES LAÏQUES au 1er janvier 1878.				Total	ÉCOLES CONGRÉGANISTES au 1er janvier 1878.				Total	Total général.	OBSERVA-TIONS.
	de garçons	de filles.	mixtes.	de hameau		de garçons	de filles.	mixtes.	de hameau			
Briey	48	19	79	18	164	"	28	"	"	28	192	Le nombre des écoles publiques ayant été de 938 au 1er janv. 1877, il y a eu dans le courant de cette année une augmentation de 7 écoles.
Lunéville	81	5	79	"	165	3	78	"	3	84	249	
Nancy	129	20	68	3	220	1	103	"	"	104	324	
Toul	59	9	58	2	128	"	51	1	"	52	180	
Totaux . . .	317	53	284	23	677	4	260	1	3	268	945	

TABLEAU Nº 2. — ECOLES LIBRES.

ARRONDISSEMENTS.	ÉCOLES LAÏQUES au 1er janvier 1878				TOTAL.	ÉCOLES CONGRÉGANISTES au 1er janvier 1878				TOTAL.	TOTAL général.	OBSERVA-TIONS.
	de garçons.	de filles.	mixtes.	de meau		de garçons.	de filles.	mixtes.	de hameau			
Briey.	1	5	»	»	6	1	9	»	»	10	16	Il y a eu aug-mentation en 1877 de deux écoles libres. relativement au nombre de l'année précé-dente.
Lunéville	4	2	»	»	6	»	10	»	»	10	16	
Nancy.	7	20	4	»	31	7	31	»	»	38	69	
Toul.	1	1	»	»	2	1	2	»	»	3	5	
TOTAUX. . .	13	28	4	»	45	9	52	»	»	61	106	

TABLEAU N° 3. — SALLES D'ASILE.

ARRONDISSEMENTS.	NOMBRE des salles d'asile publiques.		TOTAL.	NOMBRE des salles d'asile libres.		TOTAL.	TOTAL général.	OBSERVATIONS.
	Laïques.	Congréga-nistes.		Laïques.	Congréga-nistes.			
Briey.	1	7	8	1	4	5	13	Il y a une aug-
Lunéville.	3	32	35	»	3	3	38	mentation de 14 salles d'asile au
Nancy.	7	60	67	»	2	2	69	profit de 1877.
Toul	»	18	18	1	3	4	22	
Totaux	11	117	128	2	12	14	142	

TABLEAU N° 4. — POPULATION DES ÉCOLES PRIMAIRES PUBLIQUES.

ARRONDISSEMENTS.	Nombre des élèves reçus, en 1877, dans les écoles laïques							Nombre des élèves reçus, en 1877, dans les écoles congréganistes							Total général	OBSERVATIONS
	de garçons.	de filles.	mixtes.		de hameau.		Total.	de garçons.	de filles.	mixtes.		de hameau.		Total.		
			garçons.	filles.	garçons	filles				garçons	filles	garçons	filles			
Briey............	2.687	1.034	1.859	1.653	247	201	7.681	»	1.322	»	»	»	»	1.322	9.003	La population scolaire, en 1877, a dépassé de 658 le nombre des élèves de l'année précédente.
Lunéville..........	4.576	234	1.580	1.405	»	»	7.795	619	4.389	»	»	38	52	5.098	12.893	
Nancy.............	8.499	2.384	1.401	1.064	29	32	13.409	49	5.572	»	»	»	»	5.621	19.030	
Toul...............	2.945	321	1.193	1.082	58	33	5.632	»	2.513	8	10	»	»	2.531	8.163	
Totaux........	18.707	3.973	6.033	5.204	334	266	34.517	668	13.796	8	10	38	52	14.572	49.089	

TABLEAU N° 5. — POPULATION DES ÉCOLES LIBRES.

NATURE DES ÉCOLES.	NOMBRE DES ÉLÈVES reçus en 1877 dans les écoles		TOTAL.	Total général des écoles publiques.	OBSERVATIONS.
	laïques.	congréganistes.			
De garçons	1,336	2,107	3,443	··	
De filles	1,539	4,256	5,795	»	
Mixtes	198	»	198	»	
Totaux. . . .	3,073	6,363	9,436	49,089	
Total général (écoles publiques et écoles libres)				58,525	

TABLEAU N° 6. — RÉPARTITION EN PAYANTS ET GRATUITS DES ÉLÈVES DES ÉCOLES PUBLIQUES.

NATURE DES ÉCOLES.	NOMBRE des élèves reçus en 1877		TOTAL.	OBSERVATIONS.
	payants.	gratuits.		
De garçons	12,966	6,409	19,375	Le nombre des élèves gratuits
De filles	8,835	8,934	17,769	ayant été de 17,624 en 1876, il y a
Mixtes ∫ garçons	4,823	1,218	6,041	eu 266 gratuits de plus dans les
(filles	4,065	1,149	5,214	écoles en 1877.
De hameau ∫ garçons . . .	265	107	372	
(filles	245	73	318	
Totaux.	31,199	17,890	49,089	

TABLEAU Nº 7. — POPULATION DES SALLES D'ASILE PUBLIQUES ET LIBRES.

ARRONDISSE-MENTS.	NOMBRE DES ÉLÈVES REÇUS, EN 1877, DANS LES SALLES D'ASILE												TOTAL GÉNÉRAL.	OBSERVATIONS.
	publiques						libres							
	laïques			congréganistes			laïques			congréganistes				
	payants.	gratuits.	total.	payants.	gratuits.	total.	payants.	gratuits.	total.	payants.	gratuits.	total.		
Briey	91	32	123	284	282	566	36	26	62	32	146	178	929	La population des salles d'asile en 1877, a été de 566 élèves, supérieure à celle de l'année précédente
Lunéville . .	»	390	390	824	1632	2456	»	»	»	30	247	277	3123	
Nancy	28	1733	1761	3059	1116	4175	»	»	»	42	84	126	6062	
Toul.	»	»	»	590	835	1425	60	»	60	144	»	144	1629	
Totaux . .	119	2155	2274	4757	3865	8622	96	26	122	248	477	725	11743	

49

TABLEAU Nº 8. — EXAMENS POUR LE CERTIFICAT D'ÉTUDES PRIMAIRES EN 1878.

ARRONDISSEMENTS.	NOMBRE des ÉCOLES.			NOMBRE DES ÉCOLES ayant présenté des candidats.					NOMBRE DES CANDIDATS.					NOMBRE DES certificats délivrés.					OBSERVATIONS
	Publiques.	Libres.	Total.	Garçons.	Filles.	Mixtes.	de hameau.	Total.	ASPIRANTS 2e ordre.	ASPIRANTS 1er ordre.	ASPIRANTES 2e ordre.	ASPIRANTES 1er ordre.	Total.	ASPIRANTS 2e ordre.	ASPIRANTS 1er ordre.	ASPIRANTES 2e ordre.	ASPIRANTES 1er ordre.	Total.	
Briey	192	16	208	39	29	47	2	117	227	51	160	13	451	164	40	127	9	340	Les commissions cantonales ont délivré, en 1878, 211 certificats de plus qu'en 1877.
Lunéville	249	16	265	58	27	16	.	101	200	58	98	28	384	168	49	92	22	331	
Nancy	324	69	393	86	37	32	.	155	361	27	134	39	561	320	21	114	20	475	
Toul	180	5	185	25	18	17	.	60	117	21	56	1	195	68	13	42	.	123	
TOTAUX	945	106	1051	208	111	112	2	433	905	157	448	81	1591	720	123	375	51	1269	

TABLEAU Nº 9. — PERSONNEL ENSEIGNANT DES ÉCOLES PRIMAIRES.

ARRONDISSEMENTS.	ÉCOLES PUBLIQUES.									ÉCOLES LIBRES.									Totaux généraux.	OBSERVATIONS.
	Instituteurs titulaires.	Adjoints.	Adjoints de hameau.	Institutrices titulaires.	Adjointes.	Adjointes de hameau.	Directrices d'asile.	Adjointes.	Totaux.	Instituteurs.	Adjoints.	Adjoints de hameau.	Institutrices.	Adjointes.	Adjointes de hameau.	Directrices d'asile.	Adjointes.	Totaux.		
Briey.	127	6	17	47	19	1	8	1	226	1	15	»	15	22	»	5	»	58	284	En 1877, il y a eu 82 personnes de plus qu'en 1876, attachées à la direction des écoles et des salles d'asile de toutes les catégories. Sur ce nombre 35 appartiennent à l'enseignement public et 47 à l'enseignement libre.
Lunéville	163	32	»	83	39	3	35	8	363	4	11	»	12	30	»	3	1	61	424	
Nancy.	198	50	3	123	46	»	67	31	518	14	36	»	55	149	»	2	»	256	774	
Toul	117	13	2	61	19	»	18	6	236	2	6	»	3	16	»	4	3	34	270	
TOTAUX.	605	101	22	314	123	4	128	46	1343	21	68	»	85	217	»	14	4	409	1752	

TABLEAU N° 10. — TITRES DE CAPACITÉ DES INSTITUTEURS ET DES INSTITUTRICES.

Enseignement public.

			Sans brevet.	Brevet simple ou de 2e ordre.	Brevet simple avec matières facultatives.	Brevet supér. complet ou de 1er ordre.		Total.
Nombre des Instituteurs	Titulaires.	Laïques . . .	»	355	139	107	»	601
		Congréganist.	»	4	»	»	»	4
	Adjoints	Laïques . . .	4	63	37	12	»	116
		Congréganist.	7	»	»	»	»	7
		Total . . .	11	422	176	119	»	728
Nombre des Institutric.	Titulair.	Laïques . . .	»	38	4	11	»	53
		Congréganist.	241	17	»	3	»	261
	Adjointes	Laïques . . .	»	23	2	4	»	29
		Congréganist.	98	»	»	»	»	98
		Total . . .	339	78	6	18	»	441
		TOTAL GÉNÉRAL . . .	350	500	182	137	»	1169

Enseignement libre.

			Sans brevet.	Brevet simple ou de 2e ordre.	Brevet simple avec matières facultatives.	Brevet supér. complet ou de 1er ordre.		Total.	Total général.
Nombre des Instituteurs	Titulair.	Laïques . . .	»	10	»	3	»	13	614
		Congréganistes	»	7	1	1	»	9	13
	Adjoints	Laïques . . .	8	18	1	3	»	30	146
		Congréganistes	28	6	»	4	»	38	45
		Total . . .	36	41	2	11	»	90	818
Nombre des Institutrices	Titulair.	Laïques . . .	1	13	»	18	»	32	85
		Congréganistes	38	9	»	5	»	52	313
	Adjointes	Laïques . . .	23	14	2	8	»	47	76
		Congréganistes	147	9	2	12	»	170	268
		Total . . .	209	45	4	43	»	301	742
		TOTAL GÉNÉRAL . . .	245	86	6	54	»	391	1560

TABLEAU N° 11. — COURS D'ADULTES EN 1877-1878.

ARRONDISSEMENTS.	NOMBRE DES COURS		TOTAL.	NOMBRE DES ÉLÈVES		TOTAL.	OBSERVATIONS.
	d'hommes.	de femmes.		hommes.	femmes.		
Briey	71	6	77	1.146	78	1.224	
Lunéville.	117	11	128	2.583	403	2.986	
Nancy	139	28	167	3.920	1.073	4.993	
Toul	82	15	97	1.684	280	1.964	
TOTAL	409	60	469	9 333	1 834	11.167	

TABLEAU N° 12. — COMPARAISON DE LA FRÉQUENTATION DES ÉLÈVES PAYANTS AVEC CELLE
DES ÉLÈVES GRATUITS, DANS LES ÉCOLES PUBLIQUES.

MOIS DE L'ANNÉE SCOLAIRE 1876-1877.	NOMBRE de demi-jours de présence possible dans le mois.	Nombre moyen de demi-jours de présence effective par élève.				OBSERVATIONS.
		Dans les communes rurales.		Dans les communes urbaines.		
		Élève payant.	Élève gratuit.	Élève payant.	Élève gratuit.	
Octobre 1876.	44	·27.90	26.98	34.84	35.40	Les communes urbaines sont celles où la population est de 2000 âmes et au-dessus. On voit que, dans les communes rurales, la fréquentation moyenne d'un élève gratuit est de 10 jours inférieure à celle d'un élève payant. La différence est de 5 jours et demi seulement dans les communes urbaines.
Novembre	40	34.31	34.11	36.08	35.42	
Décembre.	40	36.15	35.47	35 70	35 16	
Janvier 1877.	44	40·82	39.54	40.74	39.79	
Février.	40	36 82	35 81	35.72	35.16	
Mars	40	38.56	37 06	38.66	37 26	
Avril	32	26 83	25 91	29.08	28.28	
Mai.	42	33. »	31 77	36 89	35.93	
Juin	44	30.27	28 56	37 87	36 62	
Juillet	44	28 20	26 49	37.51	26·88	
Août	34	28.19	21.20	25.49	21.65	
TOTAL.	444	361.05	342.90	388.58	377.55	

TABLEAU N° 13. — LISTE DES COMMUNES QUI ONT ÉTABLI LA GRATUITÉ ABSOLUE DANS LEURS ÉCOLES.

ARRONDISSEMENT de BRIEY.	ARRONDISSEMENT de LUNÉVILLE.	ARRONDISSEMENT de NANCY.	ARRONDISSEMENT de TOUL.
Avillers.	Azerailles.	Han (annexe	Allain.
Colmey.	Bayon.	d'Arraye).	Bayonville.
Epiez.	Bénaménil.	Nancy.	Bicqueley.
Homécourt.	Buriville.	Pagny-sur-Moselle.	Blénod-les-Toul.
Lexy.	Chazelles.	Pont-à-Mousson.	Crépey.
Norroy-le-Sec.	Chanteheux.	Rosières-a.-Salines.	Dommartin-les-
Seirouville.	Cirey.	Saulxures-1.-Nancy.	Toul.
	Croismare.	Tantonville.	Lagney.
	Fraimbois.	Villers-les-Nancy.	Liverdun.
	Fréménil.	Viterne.	Mandres-aux-4-
	Frémonville.		Tours.
	Glonville.		Ochey.
	Haudonville.		Pierre.
	Jolivet.		Saulxures-les-
	Laneuveville-aux-		Vannes.
	Bois.		Toul.
	Laronxe.		Vandeléville.
	Lunéville.		
	Marainviller.		
	Mont.		
	Pierre-Percée.		
	Rehainviller.		
	Reménoville.		
	Saint-Clément.		
	Thébauménil.		
	Val-et-Châtillon.		
	Verdenal.		
	Xermaménil.		

Récapitulation :
Arrondissem. de Briey.... 7 communes.
— de Lunéville. 27 —
— de Nancy ... 9 —
— de Toul..... 14 —
57 communes.

TABLEAU Nº 14. — INDIQUANT LA MOYENNE, PAR CANTON,
DES CONSCRITS ILLETTRÉS POUR L'ANNÉE 1877

CANTONS.		Nombre total des conscrits	Nombre des illettrés.	Moyenne pour 100.	Observations.
Arrondissement de Briey.	Audun-le-Roman.	86	4	4.65	
	Briey............	86	»	»	
	Chambley........	49	»	»	
	Conflans.........	92	1	1.09	
	Longuyon........	98	»	»	
	Longwy..........	127	1	0.71	
	Totaux.........	538	6	1.11	
Arrondissement de Lunéville.	Arracourt........	40	»	»	
	Baccarat.........	187	»	»	
	Bayon...........	84	1	1.19	
	Blâmont.........	118	»	»	
	Cirey...........	78	»	»	
	Gerbéviller......	71	»	»	
	Lunéville-Nord...	140	»	»	
	Lunéville-Sud-Est	147	»	»	
	Totaux........	865	1	0.12	
Arrondissement de Nancy.	Haroué..........	84	»	»	
	Nancy-Est.......	328	5	1.55	
	Nancy-Nord.....	289	8	2.76	
	Nancy-Ouest.....	257	3	1.17	
	Nomeny.........	123	1	0.81	
	Pont-à-Mousson..	261	5	1.91	
	Saint-Nicolas	182	»	»	
	Vézelise.........	86	»	»	
	Totaux........	1.605	22	1.37	
Arrondissement de Toul.	Colombey........	110	1	0.91	
	Domèvre.	79	2	2.53	
	Thiaucourt......	99	»	»	
	Toul-Nord.......	116	1	0.86	
	Toul-Sud........	115	»	»	
	Totaux........	519	4	0.77	
	Totaux généraux.........	3.527	33	0.93	

TABLEAU N° 15.

Projets de construction et de réparation de maisons d'école et de salles d'asile dont M. le Préfet a approuvé l'exécution dans le cours de l'année 1877.

I. — Projets à l'exécution desquels ont concouru le département et l'État.

Numéros d'ordre.	COMMUNES.	Dépense totale.	Secours de l'État.	Secours du département.	Observations
1	Abaucourt............	37.700' »	6.000 »	800 »	
2	Aimye-Han..........	17.170 »	3.000 »	900 »	
3	Bionville............	4.410 »	700 »	382 »	
4	Blainville-sur-l'Eau....	28.875 »	2.400 »	1.000 »	
5	Blâmont.............	32.000 »	5.000 »	1.798 »	
6	Chaouilley..........	5.670 »	1.200 »	700 »	
7	Dombasle...........	13.575 »	3.200 »	1.888 »	
8	Emberménil.........	14.800 »	4.000 »	600 »	
9	Erbéviller..........	14.600 »	6.000 »	1.200 »	
10	Hudiviller..........	1.890 »	250 »	120 »	
11	Laneuvelotte.........	180 »	»	80 »	
12	Lebeuville..........	10.101 83	1.700 »	900 »	
13	Manoncourt-en-Verm..	3.840 »	560 »	563 »	
14	Messein.............	5.500 »	2.700 »	400 »	
15	Montreux...........	450 »	100 »	78 »	
16	Réclonville.........	3.600 »	400 »	40 »	
17	Saulnes............	5.463 »	3.500 »	1.212 »	
18	Seichamps..........	10.025 »	4.900 »	900 »	
19	Sionviller..........	875 »	200 »	67 »	
20	Thiaville...........	18.400 »	2.700 »	1.000 »	
21	Ville-au-Val.........	6.500 »	1.600 »	400 »	
	TOTAUX........	245.674',83	50.110 »	15.078 »	

Nᵒˢ d'ordre	COMMUNES.	DÉPENSE.	Nᵒˢ d'ordre	COMMUNES.	DÉPENSE.	OBSERVATIONS.
1	Agincourt	600ᶠ "		*Report.* . . .	64,511ᶠ,25	
2	Blénod-les-Pont-à-M.	800 "		Montigny-sur-Chiers		
3	Borville.	580 50	15	(salle d'asile). . . .	733 "	
4	Boucq.	1,713 "	16	Nancy (s. d'as. r. d. Ponts).	29,900 "	
5	Colombey (salle d'asile). .	795 "	17	. " s. d'as. d. 3-Maisons).	29,950 "	
6	Croismare	2,400 "	18	Pulnoy.	4,000 "	
7	Dombasle.	1,800 "	19	Rozelieures.	2,400 "	
8	Glonville	1,500 "	20	Rouves.	830 "	
9	Lagney (Ecole de filles et Salle d'asile). .	42,311 "	21	Saizerais	5,000 "	
			22	Sainte-Pôle	396 "	
10	Lachapelle	1,575 "	23	Serrières	118 "	
11	Maixe.	1,500 "	24	Vannes (Ecole de filles et Salle d'asile . . .	18,500 "	
12	Marainviller (salle d'asile)	7,000 "				
13	Moncel	90 75	25	Veney	447 "	
14	Montigny.	1,846 "	26	Ville-sur-Iron. . . .	4,200 "	
	Total *à reporter.* .	64,511ᶠ,25		Total général. .	160,985, 25	

III. — Projets dont l'exécution est subordonnée au vote de ressources communales destinées a combler un déficit dans les voies et moyens.

N°· d'ordre	COMMUNES.	DÉPENSE TOTALE.	SECOURS DE L'ÉTAT.	SECOURS DU DÉPARTEMENT.	OBSERVATIONS.
1	Eply	26,800ᶠ	"	"	
2	Frouard.	86,500	5,000ᶠ	"	
3	Jeandelaincourt	24,528	4,500	1,682ᶠ	
4	Jolivet	3,465	800	271	
5	Parey-Saint-Césaire	10,221	2,000	500	
6	Thorey	16,875	5,600	1,500	
	TOTAUX.	168,389ᶠ	17,900ᶠ	3,951	

INSPECTIONS.	CANTONS.	NOMBRE des communes.	NOMBRE DES			TOTAL.	INSPECTEURS EN FONCTIONS.	
			Écoles publiques.	Écoles libres.	Salles d'asile.		au 1er mai 1878.	au 1er juillet 1878.
1. Arrondissement de Briey.	Audun-le-Roman, Briey, Conflans, Chambley, Longuyon, Longwy.	124	192	16	31	221	MM. Hutin.	MM. Appraillé
2. Arrondissement de Toul.	Colombey, Domèvre, Thiaucourt, Toul-Nord, Toul-Sud.	119	180	5	22	207	René.	.
3 Première circonscription de Nancy.	Ville de Nancy, Arracourt, Nancy-Est, Nancy-Nord, Nomeny, Pont-à-Mousson.	100	195	62	45	302	Creutzer.	Creutzer
4. Seconde circonscription de Nancy.	Bayon, Haroué, Nancy-Ouest (partie rurale), Saint Nicolas, Vézelise.	126	185	14	27	226	Galotte.	Galotte.
5. Circonscription de Lunéville	Baccarat, Blâmont, Cirey, Gerbéviller, Lunéville-Nord, Lunéville-Sud.	127	193	9	35	237	Grasse.	Chaveneau
	TOTAUX...	596	945	106	142	1193		

L'Inspecteur primaire faisant fonctions d'Inspecteur d'Académie
CREUTZER.

TABLE

Saint-Nicolas et Nancy, imprimerie de N. COLLIN.

www.ingramcontent.com/pod-product-compliance
Lightning Source LLC
Chambersburg PA
CBHW060822180626
46818CB00002B/922